怦然心动

沈伟红　著

群众出版社
·北　京·

图书在版编目（CIP）数据

怦然心动/沈伟红著．—北京：群众出版社，2014.1
ISBN 978-7-5014-5191-3

Ⅰ.①怦…　Ⅱ.①沈…　Ⅲ.①诗集—中国—当代　Ⅳ.①I227

中国版本图书馆 CIP 数据核字（2013）第 284923 号

怦然心动
沈伟红　著

出版发行：群众出版社
地　　址：北京市西城区木樨地南里
邮政编码：100038
经　　销：新华书店
印　　刷：北京通天印刷有限责任公司

版　　次：2014 年 1 月第 1 版
印　　次：2014 年 1 月第 1 次
印　　张：9.25
开　　本：880 毫米×1230 毫米　1/32
字　　数：180 千字

书　　号：ISBN 978-7-5014-5191-3
定　　价：25.00 元

网　　址：www.qzcbs.com
电子邮箱：qzcbs@163.com

营销中心电话：010-83903254
读者服务部电话（门市）：010-83903257
警官读者俱乐部电话（网购、邮购）：010-83903253
公安综合分社电话：010-83901870

素　然

都是云烟
不如转身扑向大田
白菜萝卜也是盛宴
清爽素然
泥土里生长心愿
会有春天

女警情怀总是诗

（代序）

全国公安文联主席　祝春林

读罢沈伟红的诗集《怦然心动》，眼前不时浮现出献身公安事业的女公安局长任长霞、解救28名幼儿园学生的中原女杰王玉荣、汶川地震中的“漂亮妈妈”蒋小娟，还有那些微笑于服务窗口、扎根于居民社区、亮剑于侦破现场等诸多女警的别样风采。透过她们风风火火的工作状态，解读女警对生活的细腻感悟和理性思考，不由使我感到：女警情怀总是诗。

2013年4月，经公安部领导同意，我带一个调研组就公安机关践行党的群众路线、建设和谐警民关系问题，深入几个省市开展专题调研。沈伟红作为调研组成员之一，就此相识。两个多月的调研过程，逐渐了解到她爱好书画的才情，但真没看出她还爱诗、写诗。故而，当10月中旬的一天她把几篇诗稿送我看时，多少有些意外。

《怦然心动》咏工作、咏学习、咏生活，咏歌、咏梦、咏花、咏树、咏风、咏雨……有高山清泉、有醇厚美酒、有夏雷秋霜、有春日亭台，如午后絮语、静夜沉思，诉说着作者对职业的执着和对生活的热爱，也为我们开辟了回味人生的窗口，建造了暂寄心灵的港湾。诗中的文字动静相宜，女性的沉静温婉和女警的刚烈泼辣相互融合，奋斗的思索和追梦的坚定相互磨砺，真实的情感呼之欲出。由此我想到，在警界，无论你工作在哪一个岗位，生活都是丰富多彩的。生活的色彩来自生活的态度。真正的通达的生活态度一定是阳光的。提炼自生活阳光的情怀能够成为我们前行的补给。

公安文化凝结着广大公安民警的心智与汗水。每个民警每时每刻都在文化着，同时也在被文化着，提升文化自觉、增强文化自信，在大力实施文化强警战略的过程中显得无比重要。愿我们各级公安机关、每个民警都能自觉地文化起来，在实现中华民族伟大复兴中国梦的进程中，共同书写法治公安、科技公安、人文公安的新篇章。

祝公安诗坛百花竞秀，愿公安文化繁花似锦。

2013 年 11 月 13 日

目　录

花叙

情旅

心吃

路谣

乡恋

云悟

壶话

天铭

花 叙

暗 香

见到你
懂得轻舞飞扬
一绺散发
简单到平常
通达心脾的敞亮
像冰心的橘灯
弥漫柔光
偶尔的徘徊
冰镇忧伤
轻扫蛾眉
凝固微风里的端庄
挚情馥郁
阴天也顶着朝阳
心里芬芳
彩霞红透夕阳
历久弥新的暗香
无须绽放

枫林深处

没有净土
所以静心

不等白雪覆盖车辙
心自逍遥
去枫林深处独享月色
微风抚琴时
棋子刚落
墨已横泼
笔下的蹉跎
辗转腾挪
忘了伤疤突起的坡
拉紧底线
铭刻校准过的执着
一面镜湖
倒映曾经有过的落寞

看到从未遇见的清澈
豪迈从曲折中出落
无须着墨
已然磅礴

丢失的蝴蝶结

蝴蝶结盛开的日子
循一只黄鹂
奔进沼泽
像飞蛾扑火
追逐光明的炫色
兜里装着老树上的青果
手里的糖块
化开的是苦涩
天已陷落
鸟雀高飞时
绿草沉默
无法面对眼前的嫩色
顷刻消失在阳光下的痛彻
把憧憬沉入冰河

冬青树

喜欢你的名字
冬青
四季清凉的心
让我欣羡
不报春
不悲秋
不惧雪地冰天
成熟的风韵
来自独到的修炼
无声就是语言
冬青
你是树吗
唤你的名字
好像小溪
在身边

叶与树

不堪秋风
落叶像眼泪扑簌
轻轻地转身
告别了树

天下本无秋
叶落不识树

何必悲凉
临近的冬眠
雪藏好了重生的温度
小别
给重逢的惊喜
加点情愫

姊妹花

一杯冰水
把苦辣酸甜沏开
暗淡了波澜壮阔的光彩
打开双眸里
有不曾晒出的独白
清菊苦
倾诉遇到的阴霾
不妥协
总有玫瑰香弥阳台
你的星空依山
我的清晨傍海
化在杯中的笑
真切释怀
没见过姊妹花开
相信有秘笈存在
从现在起
跟萤火虫去竹林

寻找前世的伏埋
那里有姊妹花
还有我们心仪的茶摆
握你的手
把每一个停不下的驿站
变成歇心的港口
一起看北斗
黎明会来

无名花

不经意的时候
粗枝大叶里
出落一朵无名花
迷恋七彩阳光的温暖
坚守在枝头
不肯落下
蕊中的馨香
无以散发
沉淀的风华
要等一场暴风骤雨来开闸
除非你的手指穿越春天
让我触摸真实的表达
滚烫的泪
终于挥洒
前世调制的香型
绝配你深情的一吻
成为不老的奇葩

月季花

因为普遍
不再显眼
月季开遍
不如昙花一现
玫瑰芬芳
薰衣草清甜
有人提炼
精油很值钱
柳枝婀娜
白杨伟岸
可成诗篇
满目的月季
不入文人的眼

从来不理睬
根本没想着纠偏
月季花开

如期鲜艳
自然就好
从容就是灿烂
在绿色中打滚
每一朵花都是春天

木棉花

一抹嫣红
一树清高
不要叶子拥着欢笑
藏着妩媚
迷恋骄傲

三亚的舞台小
太阳的追光灯耀
一低头的微笑
风采独到
自在丰饶

梧桐树沙沙响

路旁的噪音
盖住了梧桐的音量
美丽有声色
自己析辨
骄阳下清脆
金黄季低回
风雨里无畏
就这样成长
平平常常
一起酝酿
春天蓬勃的声浪
沙沙响
等到树荫
撑开足够的阴凉
豁然开朗
安静是最炫的风光

白杨树的和声

个子较大
发出的声响落到地下
听不清是啥

呐喊吧
说出你的心愿
别怕

白杨树
不喧哗
习惯了这样
和声相随六律
温文尔雅的表达
拒绝浮夸

白杨树的眼睛

总想去雨后的林地
看你大大的眼睛
传递真切的静谧
喧嚣远去

把所有的风雨雷电变成记忆
一如既往的信念
延伸到云里去
叶摆心定
白杨挺立
睁开眼睛看世界
关上心门问自己
守住根的领地

盘扣花

迷恋盘扣
几粒点缀
花苞样的情怀
含蓄到熟透
也不盛开
请一定
过了花季再去采摘
缀上盘扣的衣衫
独有风采

不必羡慕
蝴蝶纷飞在粉嫩的花海
自有花期
不经意中来
花苞盘扣
盘转过曲折

团着的依然是爱
设计好的新衣
春天剪裁
盘扣花
已经在等待

看牡丹

盛开的牡丹
花瓣簇拥成团
相互温暖
这样才好
感觉安全

不要
为了编排一捧随时枯萎的花篮
在赤橙黄绿中说长道短
虚张的寓意
扭曲了自然

没想过表达什么宣言
花开富贵的辞藻
本不相干
所有的鲜花都有心愿
开放就是语言
成熟的季节
配套心里的春天

笑容如花

拉开了幕
笑容如花绽开
涂着厚重的油彩
灿烂在舞台

没有不散的剧场
哪里有花四季不败
曲散人尽
纵情的笑容
望穿云天雾地
走过冰山火海
还需等待
怦然心动时转身
太阳出来
甘泉浇灌二十岁种下的松柏
笑容如花
漾出心怀

绿萝无言

不争什么
有些水
有些土
就能繁衍
长成破折号
延伸不曾说出的语言
没有存在
什么都是瞎编
活着
不发言
也能续满一大篇
羡慕嫉妒恨
污染视线
生长最真实
看得见

花开有季

浓妆掩不住迷茫
微笑骗不了忧伤
岁月就是这样敞亮
无所谓凄凉
花开有季
开过了就辉煌
不曾开的花蕾
融进泥土
还能遐想
花落是成长
成熟有希望
雨后的骄阳
一定要在彻底的暴晒后
才能收割真实的口粮
天地回响
该来的会来
该怎样怎样

荷花语

没有清水
所以清高
备好了足够的从容
出落孤傲
温婉无语
搏斗淤泥的往昔
甘之如饴
不着一丝痕迹
只愿
面向浩渺的星河开放心绪
还想
千回百转不到头的天地
看遍
万物缄默时
独恋沉寂
莲籽苦了

香气自溢
斟不满的怡情雅致
来年再续

山茶花

不遗憾
没有在龙岩
看到山茶花
想象的丹砂红
点缀绿色的山崖
亲情包围我的日夜
心已浸入了山茶的图画
龙岩的淳朴
美过山茶
一树的真诚
无需回答
只要有爱
哪里都是花
梦里香
唇边化

薰衣草

大提琴的紫调
在白云下拉长
手拉手的薰衣草
在亲情草原聚会荣光
你看我花样年华
我看你梦想昂扬
谁的花开都是节日
简单的快乐
锁定平常
我们的悄悄话
风里欢畅
约定
高兴了不喧闹
默契
忧愁时不悲伤
肩并肩就有力量

幸福会传染
排列好清单
一起踮脚尖
成长

裸　色

换上新衣
心弦谱出花味
色彩遂心
一天四季
花开花谢好几回
找来的累

不远处
安稳的树桩
认准树下乘凉的智慧
裸色
最好的隐晦
无限的可能
不言不语中
已与机遇勾兑
无为是为
不用老子游说

写意花瓣

墨
分出浓淡
便可出落
写意的
花瓣

不要执着笔杆
松腕自有神灵活现
意先行
轻轻一点拖
收放的是经验
多少次
起落中明暗
宣纸看见最后的绚烂
丝帛一样的花瓣
围绕着花蕊
真的旋转

观　舞

屏住呼吸
用美丽雕塑空气
融化在目光里的小提琴
开始流淌
此刻
梦幻的翅膀
舞动忧伤
没有哭泣的声响
五彩霓裳
旋转哭过之后的坚强
蓬勃的愿望
从不声张

该是时候
让绝美亮相
想不到
聚光灯下

定格的微笑
居然清素无妆

突然流泪
止不住遐想
会有一天
聚合所有的过往
发现真实需要的只是胆量
至纯的情愫
可以从舞台延长

哭泣的雪花

期待太久
当你轻轻落在我手上
竟然
不敢端详
为什么
在喜悦飘扬的呼喊中
我却忧伤
来不及看清你的花瓣
只剩下冰凉
那是你的眼泪
告诉我
存在原本匆忙
来不及哭泣的瞬间
已经变样
不变的是念想
雪花的模样
我不会忘

老　姜

甜香
温热
暖洋洋
如有需要
给所有的滋味帮帮忙
沟沟坎坎总在酝酿
心寒的时候
是个念想

情　旅

乐山大佛的光阴

总有一天
入木三分的雕花
会被虫蛀
美丽的花瓣脱落
总有一天
精工细作的开凿
会被风蚀
模糊了神色
光阴浸泡过的深刻
其实肤浅不过

深刻
是岁月的皱褶
无法触摸
历经风雨后
无味无色

乐山大佛
静静地坐着
心里开着莲荷

书画展感怀

走进宣纸一片天
水墨迎合
丹青铺面
终于徜徉在梦里的青田
花簇竹香
远山错落云间
美轮美奂
原来可以清淡
大师的手笔
精妙至简
世间万象皆点线
笔端勾连见山川
这一瞬
感恩释怨
化成滴水就成仙
尽挥洒
天涯无处不方圆

兰亭竹思

竹林清雨中
轻触兰亭
不忍惊扰那父子
恣意墨行
撒开的帆不随浪走
收回的峰竟由性停
折返留心处
撇捺忘情

爱上兰亭
留恋风吹鹅池的幽寂
细听流水淌来
对酒弄月的歌吟

铺一张宣纸入梦
深味香墨里的兰亭

北戴河的夜

一个人的月下
涛声被安静放大
岸边的粗沙
记得那年的脚印
被风吹化
留不下
松开马尾
暗夜里的黑发
挥不去
这夜
这沙
潮起潮落
风来兑现牵挂
想着那些话
眼里不迷沙

十字街头

十字路口分叉
就此通达

不必强求如今当下
换一种活法
不会天塌
东西南北都有景
照样风华
生活不要复制
备份好记忆
再开拔

南普陀素饼

黄昏摇曳轻歌
细雨浸润了
幽幽的南普陀
灯影复制出的阳光七色
怡然静默
一盘素饼
盐香甜糯
百味如意
千年传说
恬淡含香都已包括
美味情回
邂逅的机缘意外深刻
不枉来过

去三亚

飞机渐入云涛
甩掉挣不脱的纷扰
心里轻轻喊道
去三亚
多好
哪怕一时远离雾霾尘嚣
哪怕一刻抛开忙碌烦恼
万里之遥
不会有喧闹

天知道
躲不过
逃不了
放下的是昨天
拿起的是过去
浮起的是奔跑

摁下的是执着
怎样的无可救药
心在天上
还不能高飘
落在机场的汽车不肯抛锚
无处逍遥

三亚
借你的温情
把我化掉
好不好

听海南槟榔说

苦就是涩
涩就是挫
挫折与苦磨合
哽在喉
心里拥塞
坚持住
热血升腾欢乐
通透的清澈
总在最后一刻

在葫芦岛看浪花

无法挽留浪花澎湃
自从离开痴情的沙岸
毅然消失在大海
不知道波涛里有什么惊骇
发生了什么都在心里掩埋
彩霞满天时
浪花镶着金边回来
何等豪迈
不要表白
既然无法选择开始
敢于面对无法预知的未来
把握好节奏
一拍连着一拍
每一朵浪花都精彩
柔情含蓄刚强的姿态
不惧怕暗流涌动

知道黑暗的礁石在哪里阻碍
逐浪滔天的心
掀起大海
永不老去的是爱

感知后海

七彩迷幻的光影里
找不到你
飞檐还在
鸟不徘徊
暮鼓晨钟的幽寂
远在天外
没了精气的红墙绿瓦
淡到苍白
醉红的灯笼
忘了码头的石阶
却记得原来
后海

不忍看缠绵的咖啡把你掩埋
转过身去
又是奢给野鸭的生态
喧嚣纠结绿藻

水底澎湃
那片湖
怎得承载纵横过辉煌的情怀
后海
错愕时空的无奈

还好有清风徐来
会不会有一天
荷花静开
相约着青衣
走过亭台
一起纵酒
开怀

旅途不寂寞

一张车票
带我上火车
路旁的风景
匆匆掠过

过往翻开了图册
凝固的真实
不用着色
黑白分明的轮廓里
可以填补岁月的深刻
为什么
日子快得来不及琢磨
还有空闲挖开沟壑
原本自己心里有魔
何必
声张虚幻
挑拨盘错

生存的哲学
不是你死我活
多点包容
会有快乐

其实
开拔不为着落
归宿不一定在票根里等着
哪里都好
心情改变沙漠的景色
敦煌的彩霞
张开臂膊
画笔就是飞天的舞者
回到家
要绘一本新图册
旅途不寂寞

槐花飘香的溪谷

麻雀叫醒的清晨
一绺风
漾开花露
一定要在槐花飘香的时候
寻着丛林的小路
靠近关门山的溪谷
研上墨
倾听白居易的琵琶行
回味苏东坡的赤壁赋
惦记那日杜甫的茅屋
想象秋意染红枫叶的媚惑
岁月的经纶可参破
绿肥红瘦变幻
不问知否
已有着落

真正开阔的江湖

只在情深处
心的海拔
无关高度
积累足够的路途
起步就见棋谱
关门山
抬头没有雾

油菜花黄

太湖边
一片片油菜花
亮丽到绚烂
红火农家的袅袅炊烟
浓郁的艳黄
裹着存了一年的期盼
但愿
收获的季节
遇上好天
梦想要飞
让土地长出诗一样的花园
油菜花开的绿田
菜籽油炒鸡蛋
青葱爆香后放点盐
黄酒陪着惬意看星空
享受简单

爬　坡

九曲十八盘
爬坡是大考
大汗淋漓的时候
遇上问号
单项选择
要么继续
要么折返
脱口而出的回答
没有奥妙
坚持到底
攀登一开始就有目标
不会忘记
出发掷地有声的号
选择登山
没想过要逃
坚持到底的意志
不会动摇

看冰河

最平坦的冰面
最难行走
无以附着
别再从这山望着那河
太过平坦的路
难以穿过
除非溜冰滑雪橇
让双脚闲着
不着地的感觉打滑
没有着落
从来都是泥腿子
无惧蹉跎
与大地的摩擦
可以生热
沿着母亲河
大步走吧
阳光的心志
助力稳健的脉搏

确信我还爱着

福州的茉莉未远
龙岩的土楼炊烟蓬勃
厦门的凤凰树迎着朝阳
三角梅点缀鼓浪屿的白浪
这一刻如此辉煌
确信我还爱着
美好的世界
海岸的风光

衔一枚橄榄
用铁观音的茶品
陪伴南普陀素饼的糯香
沙茶面芦笋冻实在难忘
这一刻回味悠长
确信我还爱着
甜蜜的生活
美味的小巷

真的
不白来海边徜徉
今天的晚霞如此辽阔
确信我还爱着
壮丽的河山
无边的海岸
美好绵延
我无限的依恋
明天早晨
我要第一个推开面向大海的小窗
让第一缕阳光
照亮远方的翱翔
放飞手心里的船票
开始远航
爱划桨
心向阳
风铃歌唱

穿越戈壁滩

戈壁滩
一如想象中的再现
刮不停的风
横扫蓝天白云后
偶尔休闲
变换节奏
潇洒不留边
自有风情在
激荡渴望纵横的心田
突然之间
意会当年的成吉思汗
酣畅不寂寞
豪迈策马
不必扬鞭

只要有方向
没有什么远在天边
终点的奶茶
不放糖也甜

老街巷

——写给福州的三坊七巷

旧时的街巷
早已沉默
雕花的屋檐下
往日低落
水洼里浮起的容貌
哪里铭刻
想再听当年的锣鼓音色
看梅花丛中雅到极致的书阁
那轻盈的脚步
让谁爱得失了魂魄
谜一样的故事
在深宅存着
抚摸每一根立柱
仿佛触到风云磅礴的河床
岁月流觞

波澜壮阔后
不同迷茫
都是过客

今日游人如梭
纵然有脚印与你重合
辉煌何以越过
青石板上的三坊七巷
以宁静诉说深刻

诉说窑洞

请轰隆隆的推土机
留点仁义
不要把远方的窑洞铲去
那里有我封存的记忆

山坡上的红棉袄
曾经跑进画布里
一抹红
醉了画家的笔
窑洞和黄土黏在一起

真的怕
无情的推土机
忘了过去
山坡上的羊群
曾经跃进采风的谱子里
一曲信天游

让米酒酣畅淋漓
燃烧的是灵感
还有窑洞的气息

无论在哪里
温暖的窑洞总是梦想的栖息地
不想把故事全说给你
留下来酿酒
让无法复制的情义
沁入心脾

远听钟声响

最美的钟声
总在很远的地方
金属的碰撞
穿过山水
经过飞翔
度过迷茫
有了厚重的思量
长舒一口气
荡气回肠的释放
没有拘束
去掉伪装
山水回响
深沉的声浪
不用传播也能飘扬

时间可以酿酒

距离可以弥香
钟楼在眼前
最美的钟声在远方

银杏清华

生怕
把清华园
浓黄的银杏叶
踩了
叶面有故事
往昔的墨迹
再现浪漫的月色荷塘
一路走来
冰雪无霜
头发白了背不驼
风骨的质地
无法揣量
随风不惑的旋律
没有悲凉

秋天明白
一曲终了

总要下落
赋予叶子这样的职责
面向大地的那一刻
一定
把春天的请柬撒落
迎春花开时
还请来我的世界做客
留下的文字
触摸过
风的肌肤
云的脉搏
清华的图书馆
有你的座

银杏雨飘落清华园

怎么是雨
分明是银杏的欢聚
金黄的叶子
约好了在秋天轻舞
让心愿翩跹

请再给我一点时间
成全所有的眷恋
慢慢盘旋
饱纳书香的绿荫
典藏了最醇的秋色
诠释心愿
深爱清华园

不再含蓄
排练一场芭蕾剧
将无法自拔的告别上演

最后的乐章
音绪绵延
风吹过
静等来年
还要在松鼠欢愉的枝头
听键盘奏乐
看朝阳清华
智慧交响的春天

青海湖的眼窝

青海湖
迷人的眼窝
轻轻地一眨
就让灿烂的油菜花融化
原来静静的冷色
照样可以提炼独一无二的品格
爱上
亮亮的紫
纯纯的蓝
温温的绿
阳光下的会心会意
风起微澜
深邃迷离
潜一波风情在水底
激荡的往昔
沉淀孤独的美丽

鸣沙山的骆驼

浅沙里的深陀
点缀山色
是你吗
骆驼
鸣沙山的舞者
真的爱上了你的缄默
沙鸣不是你的节奏
文静如你的
是天边的山岩
夕阳下的云朵

憨憨的骆驼
美丽到沉着
丹凤媚眼
长长的睫毛
注视我们跳跃的欢乐
不悔

抚摸过你的瞬间
后悔
骑在你身上炫耀过休闲
一刻的新奇
长久的亏欠
好不好
原谅我的肤浅
感恩你的驼峰
曾经护佑我
踏过蜿蜒的沙线

真的眷恋
鸣沙山
思念你的容颜
什么时候
再回月牙泉边
细听你不语的言说

鼓浪屿的琴房

根本不懂钢琴
偏偏爱上鼓浪屿的琴房

无需用华丽装潢
浮雕的钢琴
沉默着沧桑
倒映曾经的堂皇
仿佛走进历史的回廊
跳动过青春的键盘
承载从容的安详
没有叹息
停驻的音符
只为积蓄光芒
不肯走了
迷恋古老而年轻的琴房

突然有琴音萦绕耳旁

真的想流泪
心中的琴键叩开海洋
大海是我的琴房
请鼓浪屿的浪花
为我伴唱
一曲老歌
唱给远方

飞　天

停在壁画的飞天
已经不会表达心愿
不管四面八方怎样的褒贬
清淡柔曼
静观云怨
一个轻盈的反弹
长久惊艳
早就收藏好了疼痛的弦
不让你看见筋骨扭转的裂变
琵琶声脆时
经典再现

心 呓

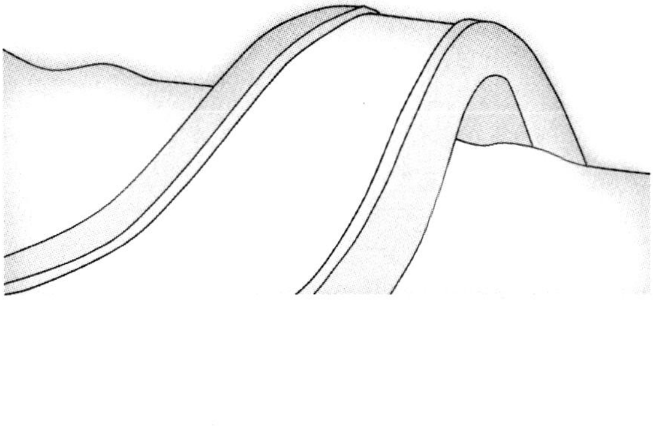

那个瞬间

那一刻
看见高粱吐穗
听到竹子拔节
怦然心动的感觉
如此真切

一丝清风从心底穿越
封闭已久的心门
瞬间开裂
你的目光
淌过流年似水
洞察我遥远的思念
仿佛我一直的等待
只在今天

抬头看
阴霾不见

你轻轻的呼唤
给我蓝天
手牵手
前世耕耘的草原
就在眼前
无法承受这突如其来的一切
只想奔跑
到你心间

两个土豆

上学路上
一人一个土豆
简单的午饭
两人一盘土豆
过起日子了
三两土豆炒肉
最爱吃的
总是土豆

两个土豆
一起发芽
抻长了身子就走
看过河边的垂柳
听过星星和月亮的交流
吻过花露
牵过手
爬大坡的时候

喘着粗气逗闷子
你看我
我看你
都是土豆
甜在心头

一道走
翻跟头打轱辘
皱了皮的
还是土豆

没大改变
星星月亮还在天上
柳树老了
树下两个土豆

印 记

松开手
远在天外
心里攥着没有刻好的名章
你带走了印台
没有什么可以阻止相爱
相聚时刻
碧水蓝天的画面上
名章紧挨着印台
爱的印记
永不涂改

咖啡拿铁

浓浓的拿铁
让爱有了一处安歇
柔光里的烟圈圆了又缺
中音的回响如咖啡的感觉
依然真切
爱的方程无解
握你的手
往日从山顶倾泻
无法稀释你深情的一瞥
那时的花儿
会不会凋谢

四十五度角的风光

四十五度角
捕捉最美的风光
长长的睫毛
厚厚的嘴唇
电话那头亲切的想象

不经意时
磨损的双脚
已经越过的岁月的篱障
依然是你
四十五度角的剪影
刻画皱纹里的沧桑
多了匆忙

会不会有一天
无法面对刺目的夕阳
四十五角变了方向

真实被影子拉长
坚持为绳索捆绑

你回过头来
着迷地回望
还是
沉甸甸的过去
不用掂量
放在心里
就能生长
前方
路还长
固执地怀念
出发的地方
花开的季节
笛短箫长

小 别

看见你收拾行李
不由感伤
每天每天
知道你在不远的身旁
现在你要走
我会迷茫
抬头不见你会心的微笑
烦闷中少了清凉
原来灿烂与否无关太阳
阳光的心态就是气场
相思的膏药
贴在背影的肩上
想把关切放进你的行囊
北风冷
别着凉

幸福方程

童年的幸福
是圆圆的苹果
不要切开
一口咬下去
好东西会从梦里来

年轻的幸福
是远方的码头
一处红顶的房子里
只要席梦思和锅台
心爱的人
下班准时
孩子的笑靥
铺张快乐的情怀
只要开窗
就有清风
吹开打拼的沙霾

就这样随着钟摆
还好
枫叶红了的时候
开始明白
真正的幸福是心态
境随心生
宽阔的心房
容得下海
春桃夏荷秋菊冬梅
开了会衰
败了还来
年年风采
起起伏伏的旋律
才是天籁
只要愉快地活着
就能活得愉快
大声喊
阳光下的黑影可以出来
不必躲藏
因为本不存在

岁月打磨出的钥匙
把幸福的方程
解开

心　吃

午后的咖啡
旋转添香
阳光纱幔里
走来年轻的红裳
身边是潇洒的情郎
一把大伞足够撑开荫凉
暴风骤雨打湿的衣裙
裹着青春的膨胀
一路牵手
相视一笑
心的鼓点对面敲响
美丽的声浪
叩开今日的窗
咖啡的香囊不再雪藏

拉长的想象

距离
拉长了想象
思念的空间重新空荡
从头整理的过往
还有余香

苹果园的地铁站
等待的目光
成全所有爱的愿望
冬日的冷面
好像滚烫
对视的双眼
憧憬远方
曾经为丢失的照片感伤
其实
相恋的底片
刻在心上

共同经历了风雨骄阳
皱纹裹住东西南北的匆忙
少了似短非长的碰撞
多出的时间看看田野的麦浪
真实奠基的成长
不会忧伤

真的要感谢距离
带我回相思草原
借蓝天白云倾诉衷肠
晚霞中的红蜻蜓
舞蹈着歌唱
大路两旁
不再年轻的白杨
是否成梁

爱的光线

万家灯火
从通明到渐暗
多少心心相印全都如愿
夜色呢喃
月亮能看见
炽情不必如火
幸福无需灿烂
守望柔光里的温暖
包容点亮昏暗
七色光
怎样描述都淡
丝丝缕缕
浓浓郁郁
平平常常
简简单单
含含蓄蓄

直直白白
稳稳当当
天地万花筒
爱的光线迷幻

玫瑰香

今晚
玫瑰要开
花蕊在心里
备好了你爱的玫瑰香
些许忧伤
淡淡迷茫
分手的日子
收纳了那么多夸张的遐想
还有愿望
不必用漂亮的丝绸
裹着花样的彩妆
透视你的思量
相视一刻花成海
今晚的绽放
我要收藏

花开时节

那一刻
循着吉他
撞开花季的迷惑
任碧水流过初春的心河
突然到达的果园
迷幻了天色
不忍触摸
熟了的青涩
攥在手里的凤梨
刚被暖热
一颗甜枣
就已波澜壮阔
灯火微朦处
花开蓬勃

面前的大树

春天的新绿
不能灿烂四季
夏天蓬勃后
秋天叶落
枯叶不留的冬天
选择沉默
暴风骤雨都要过
年轮镌刻的劳碌
不再叙说

看见落叶缤纷时
你的目光停驻
知道每一道皱纹的叙述
阳光增强骨子里的硬度
至亲的大树

在你身边

忘了在乎
一个人颠簸的旅途
突然醒悟
思念如注
与曾经青涩的树皮相比
其实爱你
涨开故事的皮肤
粗糙的纹理
写着明白的糊涂
宽大的树荫
挡风遮雨的呵护
睡觉都站着的姿态
是责任的守护

面前的
这棵树

鹊桥会

织女知道
牛郎在等着
十六年一次的相聚
思念苦透了
就是美丽

任衣裙褪色
看合欢花开了又落
不为收秋
只等夜色
不出声的情歌
穿越星河
细密的梭子
织进甜蜜的苦涩
不让谷子地杂草
根根盘错
梳好发髻

盘算好了那一刻

看见你的身影花就开
我的十八岁要重来

（注：如果以光速计算，从牛郎星飞到织女星需要十六年，有感于此，写于七夕节之夜。）

林　子

一起造的林子
储备了一世的表达
好累
什么都可以在这里卸下
好烦
不想在这里喧哗

这个林子既小又大
天天都是植树的季节
随处都能种植七彩的笔画
取下一只横竖撇捺
任意涂鸦
临摹苏醒的严寒
画出水做的轻柔包容停驻的开闸
无法填平的凹槽
白描成清晰的流沙
所有的记忆

不会蜕变成疤
只是一个豁口
透过云层
看看天

想在不老的林子
守着心愿
坚持
用心跳的温度
暖和根系
总会看见
曲折的梅枝
长出好梦连连
无法抗拒的衰老
延迟体验

这个植树节
情话不怕月亮听见
相拥的蜡烛
照亮我痴迷的旋转
注视重新的发现

路　谣

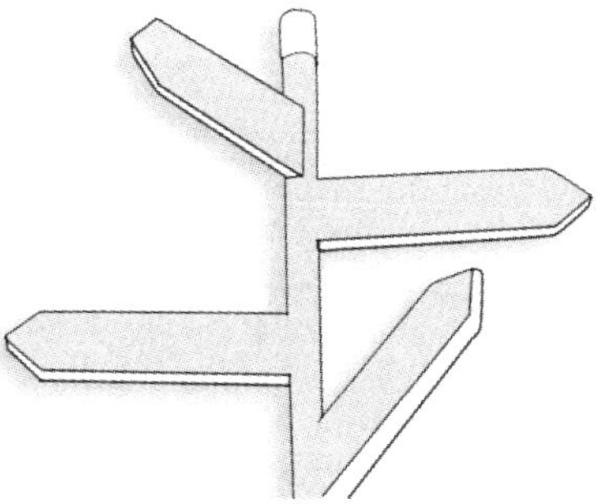

山那边是海

以石头剪子布的方式选择出发
踏上山路
就此开拔
不知道满坡的山花在哪儿
不理会错落的山峦折叠着怎样的谋划
背包里只有一双鞋
坚定永不妥协地到达

如期而至的山顶
没有奇葩
突然出现的大海
瞬间撞开泪花
拍岸的浪涛
挥发苦尽甘来的假设
所有不曾说出的话
被辽阔接纳
这一刻

开弓不回头的执拗
找到回答
原来一路的望山跑马
放不下的
只是出发

海边是最好的到达
世界好大
痛苦算啥

开 船

目标定得远一点
就能成为梦想
希望飞得高一点
就能看见方向

开船
胸膛装着海量
最美不是彼岸的新港
徜徉大海的航行就是风光

放风筝

高飞的风筝
俯瞰一马平川
山脚下
有匹老牛耕田
实实在在地劳作
和风筝无关
没有风的日子
想飞咋办
无法掌控的日子
只是虚幻

要么做雄鹰
飞翔蓝天
要么做骏马
驰骋大漠草原
风筝
算什么

一场游戏
一纸秀
把梦带得走偏

收好风筝线
明天去耕田
牧归的老牛
夕阳下
欢颜

昨天太近　明天好远

看地图
由此及彼
一条短线相连
昨天到今天
如此这般

真的很近
就在昨天
眼角的每一道细线
看得见
那时笑开的纹理
飞扬青春的容颜
今日深深的沟壑
与明天亲密无间
从这里走进昨天
找不到合适的语言

现在是雨季
清风微寒
明天的身影
偏偏在平行线的那边
苦痛太沉难翻篇
路漫漫其修远兮
延伸到终点
找不到边

不如
把握今天
惯性停不下来
速度可以放慢
心静自然道宽
邂逅挫折的时候
一笑抵过长篇
万语千言

没有停靠的码头

没有停靠的码头
预示远方有召唤在催
继续划行
看鸿雁排列成队
追随曙光的行程
不知悔
忘了累
快乐就是左右自己的体会
这条溪
那股水
江河尽归
何时停靠
由心调度泊位

深情无需回答

春天的小草
秋来枯了
明年发芽
草原的深情无需回答

南飞的大雁
今年走了
花开回家
大地的深情无需回答

迈开的步子
已经开拔
拒绝拖沓
执着的深情无需回答
开不败的梦想已经繁华
放牧心灵的绿色草原
配上坚定的鼓点
才会到达

相约地平线

黑夜
像一条河
心在河里爬坡
登不上山顶
游不到对岸
没有方向的旋转
色彩迷乱
握不住的风筝
脱开了线
飞不见
月色暗淡
黎明前黑暗
太阳出来时
等我在地平线
我化淡妆
与你见面

站

再高端的列车
也是封闭的闷罐
承载太多的期盼
挥发不出浓浓的思念
前方没有站

为什么
梦比相思远
我来了
心还在陡峭的冰岩
请再给我一点时间
让我穿越雪线的考验
前方有站
那里洁白的雪莲
存着好多迷恋

行　者

顺水推舟易
逆水行舟难
假如注定要选择
宁愿做行者

山水天成
品鉴才有景色
游弋过曲折的舵
知道把握
经历过险滩的桨
能够开拓
这一路风光独特
不枉此生来过

真的羡慕
远处的山上
彩旗飘扬

还是放不下
与风雨共波折的荣光
既然选择了艰难
备好了足够的坚强
潮起潮落中
一场美丽的邂逅
总会赶上
苦难垫底
爬山去
心不慌
飞舞的黑发
宣告年轻的旗帜
重新起航

让风来

滴水穿透磐石
心门洞开
坚定到达的港口
不需等待

让风来
经过的蹉跎
不相信雾霭
霓虹灯下醒着明白
我要去看海
海天连接处
舒展心怀

让风来
剪过的长发
甩开无奈
走出童话的洒脱

从不轻率

让风来
风浪尖上
生长期待
妈妈的目光陪我走夜路
勇敢的心
拒绝在泥泞的水塘
搅和绿苔
无法用徘徊
抚平结不了痂的伤害
快来与阳光一起痛快
穿越云涛的
是疼过之后的存在

让风来
划向大海
朝阳说过
远处有白帆
与我并排
鸢尾花在想念
出发的女孩

走　吧

转身走
不回头
万马奔腾到胸口
讨问说法
请你回答
为什么激情的毛孔还未收缩
青春已经散热
为什么未举马鞭
旌旗已经下落
马蹄踏过
嘶鸣回旋的山路
怎得寂寞

错错错
心里澎湃起大海
也能没过沙漠
放下每一粒沙子

天空辽阔
大海的呼唤
再不要错过
回头看
人生起落
下一个港口
不再漂泊

走在大街上

顺风容易顺拐
起步走
忘了哪条腿先迈

逆风走在大街上
大口吞进的风沙
把心门撞开
满眼的人流车海
前行就是存在
出发不要口令
节拍自己来

路　谣

一路风光
流水无弦也成诗行

听
好一朵茉莉花香
骏马奔驰
鸿雁飞翔
走天涯
不需海豚音伴唱
干杯朋友
情深意长

品
见过风景就会成长
终点等不来
向前走
不枉来此逛逛

抬头是山
翻山有路
一路昂扬

选 择

路随山势
曲折成为一道景色
人顺坡滑
滚落得轻松没法掌握
山坡下
是海是河是沼泽
无法预测

曲径通幽见开阔
愚公移山是传说
不必吹冲锋号
心不滑坡
路很多
盘山走过挫折
就有清泉
连着会心会意的河

身后的荆棘
埋伏着晒干的尖刺
已经没辙

隧　道

过山的捷径
黑洞洞里光点渐亮
必由此路
体验挣扎中的希望
会有点慌
然后敞亮
一个破折号
展开后面的想象
不求先抑后扬
暗淡后
一样的灯
不同的光

鞋里的沙

海岸金沙
双脚接到的地气
穿过心脾
可惜只不过短暂的惬意
注定有五颜六色的鞋
为撒开的脚趾立下规矩

叹沙滩的风情难续
走吧
闹市是机会的福地
没有了海岸细沙
照样有尘粒
裹着喧嚣放大威力
来了就不去

你走不远

因为鞋里有沙粒
陪着你走
让难受成为脚丫的记忆
哪里是福地

风与沙

风暴咆哮过后
威猛消逝在苍茫大漠
留下的沙弧
婉转静默
刚柔两重天
风的骨性
沙有体验
风沙漫卷时
风是沙的船
沙是风的恋

黑的夜

黑夜是一条遥远的河
漂泊的心
游不到岸
荡来飘去的往事
重复钟摆
精彩过后
只有徘徊
潮起潮落
有水怎能不起波折
明天在哪里落寞

大浪淘沙
黑夜沉淀迷惑
智慧的彼岸
全靠双桨掌舵摸索
轻松渡不过
风雨总在阳光后

没有对错
搭不上顺风的船
不能飘着
流水不腐
航标灯执着
好人的好梦
变成黑的暖色

阳光路上

最强的阳光
不只属于早上八九点钟的生长
这条路
吸纳了所有从天而降的热量

我们
在路上
饱蘸阳光的营养
已经风光
先前走
曲折也有方向
不会迷航
即使不能脚底生风
也会生长坚强

阳光
在路上

追　梦

说来很近
其实很远
比梦都远的地方
叫做愿望
多想看看心愿的模样
把丈量过路程的尺子
悄悄放进行囊
追梦的旅途
与梦分享

但等清风复苏想象
无法抑制冲动的鲁莽
依然渴望
哪怕触摸梦的羽翼
也要飞翔

不要在路上彷徨

梦想不是等来的空当
向前跑
总会看见梦里的屋檐
雕花的瓦当
依稀相识的银杏
风中冥想
知心此地
原来这样

这一刻
真实到夸张
片刻的静默后
听到昆虫欢乐的交响
蝴蝶的翅膀
像花儿一样
不枉来过
就会珍藏

医院长廊

从这里
看到最后要去的地方
发誓要改良需要
必须要让自己觉得
活着就好
醒来有面包
烦了去独钓
一脚油门千里路
车抛锚了腿上道
足够骄傲
别再用烦恼在这个长廊排号

诀 别

诀别的情景
不只发生在濒临绝地的疆场
战胜自己
也要有诀别的主张
假如铺满鲜花的路
通向迷茫
执意诀别
即使绕道远路翻山岗
也要下定决心追太阳

夜 船

就这样
五彩原野被夜色覆盖
月亮牵手灯光延长白天
摊开书卷
和岁月深处模糊的微笑
并肩坐着
没有对话也能触动心弦
眼睛里的河流已成栈道
漆黑的夜风
苦涩发甜
吹落喜悦的浮尘
还有无法置若罔闻的悲伤碎片
越过沧海
把遗忘落在桑田
不准备发出的信笺
埋葬好不着边际的谎言
留下可以种植的晨曦

生长逝水流年

夜是船
与时光缠绵
晒干的日子作桨
摆渡在命运里赶路的爱恋
劳烦惦念在这里转个圈
悄悄融化
用心了就无怨
衔一朵睡莲入眠
好梦的起点
可以眺望地平线

乡　恋

妈妈的晴朗

明知道
几经无法拥有
瓜子脸和高鼻梁
依然固执地渴望
还原您的少女时光
习惯了您匆忙的旋转中
利落的爽朗
除了长相没有妈妈漂亮
我是您的影子
没有商量

撒娇的时候
环绕您的手不肯放
不曾说出的爱字
随着年龄增长
您的白发长在我心上
望着您开始弯曲的腰板

不由神伤
妈妈
我已把家里的重负扛在了肩上
不要您再操劳繁忙
希望您享福
我要做您的太阳
温暖冬日的冰凉
牵起您的手
去看高山绿水大牧场

妈妈只是微笑
静静地看着远方
真的有愧
不该在您奔跑的年纪
拖累了您的梦想
妈妈失去的
无法度量
欠您的
还不上
妈妈
请让我去闯
会有一天

天空飞翔您的愿望

妈妈说
别太累了
只想看你笑得像儿时一样
开心就好
健康就是质量

妈妈
我的太阳
您的皱纹里刻着光芒
让我好好看您
永远的晴朗

心里的绿地

爸爸
您住在我心里
松林葱郁
淡黄的雏菊
散发蓝色的静谧
纷飞的蝴蝶
是跳跃在女儿发辫的淘气
每一片叶子都有回忆
呼喊的蒲公英
不肯落地
爸爸
为什么
您最爱的梅花
从来不在梦里与我相遇

知道
梦里的近距离

远在天际
那一日
听见您唤我晨起
分明清晰
屏住呼吸
生怕您离我而去
爸爸
您在哪里

不管您在哪里
我的脉搏和您跳动在一起
您的生命的延续
慈爱的目光
照亮我每天的昂扬
陪我度过黑暗中的恐惧

爸爸
女儿心里
为您留着绿地
用爱修剪过的憧憬
长出新绿
苦过的日子

酿出今天的甜蜜

爸爸
您可感知女儿的心意
我要摸摸您花白的胡须
让您看我成长的美丽
大声说爱
爸爸
再不要离去
一家人
难得欢聚

爸爸
什么时候
来我的绿地

心里飞鹤

凤栖山回来
决定为来年的清明
折叠多多的纸鹤
不让失去的世界
始终空着
老爸
但愿这些纸鹤
能够陪您度过
每一寸寂寞的时刻
相信您一定会收着
像我收藏您做的剪报书
一遍遍掀开往昔的快乐

清明时节
凤栖山在小雨中静默
泪水湿了五颜六色的纸鹤
沉重的翅膀

无法放飞我的寄托
手中的纸鹤
一地撒落

突然明白
思念原本无关纸鹤
漫天的呼喊
盘旋在星河
苍天
请给我一刻
让我和爸爸在梦里见过
父女情深
怎样的山石能够铭刻
老爸
女儿的思念
没离开过

思 念

转弯只是调整
驻足只是瞭望
目标在远方的小站
妈妈的思念
总在前面

花开还要败
鸟飞还要来
思念在夕阳的小站
妈妈的唠叨
常在心间

执意在骄阳似火的一天
突然地出现
燃烧所有的等待
融化思念
爱在身边

我家的馍馍

妈妈蒸的馍馍
总体规矩
个别淘气
香气欢聚的笼屉里
一锅乐趣

最爱看
掀开笼屉的那一刻
圆脸蛋的是我
白白的小兔是弟弟手心的快乐
姐姐咬开的红枣
释放甜蜜
朦胧的蒸汽里
真切的亲昵
爸爸微笑
妈妈得意
快乐就是美丽

成为妈妈
要蒸馍馍
揉面的瞬间
泪水瓢泼
爱你好多
白馍馍

手

那时候
妈妈个高
领着孩子的小手慢走
现如今
孩子个高
牵着妈妈的手远游
小手大了
大手糙了
轻轻拍手
回眸是爱
注视看见回眸

月饼不圆

咬开的月饼
空出一个角落
思念开始在这里附着
五仁的香味
无边散扩
妈妈
原谅我
相思的路太远
寄出的月饼
甜里有苦涩
想家的眼泪是咸的
顺风的快递
知道我的月饼盒
五颜六色

一样的月光
把爱浓缩

月饼不圆
缺的是我
妈妈用枣泥
补上了豁
永远的团圆
心里惦着

泪花湿了睫毛

轻轻拍手
你就笑
阳光下跑来
蹦蹦跳跳的热闹
最柔软的温情
就这样被你触到

给你一个大海的拥抱
泪花湿了睫毛
孩子
现在真好
牵你的小手
什么都不需要
听你牙牙学语的呢喃
溢出的幸福
流淌着骄傲

游泳宝贝

冲着大个子
还称呼宝贝
孩子
题海中游泳
要会应对

分数珍贵
高分有能
低分无罪
人生最后
各就其位
与你的成长相比
试卷上的分数
其实乏味
在我看来
你很聪慧
正在看懂这个世界的敏锐

胜过书本里爬着的错对
不奢望重复可以叠加智慧
力挺拼搏
占领不可或缺的体会

永远的爱
给你困难中的安慰
惟愿思索排队
越过层层卷面重围
现在的内存
就是准备
顽强的意志
是到达岸边的护卫

爱你
性情宝贝

米酒稠

米酒浓稠
开坛
香在电话那头
思念太远
酒香只在梦里游
深厚
静柔
妈妈搅拌酒曲的手
轻轻抚爱电话这边
我的乡愁

粉色的惦念

明知道
哪苦
哪甜
哪烦
哪乱
还想请粉色的蝴蝶
帮我看看
是不是
热了
冷了
累了又倦
飞过去的惦念
带回呼唤
亲切的温暖
在你身边
铺满粉色心愿

西北回味

一只大海碗
盛不下古城浓情的回味
深深的思念
从来不用羊肉泡馍的原汤勾兑
柔白的稠酒
含蓄宽慰
豪迈洞开心门
沟通何必隐晦
说白道尽
畅快西北风
能够解千醉

家

家是情场
不是讲理的地方
情到深处
无理可讲
茄子要当花来养
说白了
错是对
对又怎样
任性打个滚儿
原则可以流亡
并不荒唐

难以想象
如此宽敞
彼此放量
可以飞翔
谜面是爱
谜底写在天上

云 悟

一点想象

起风的时候
需要一点想象
碎花的舞裙
开始飞扬

下雨的时候
需要一点想象
裹着雨水的身材
其实很棒

打雷的时候
需要一点想象
雷电的镁光灯
定格今夜的清凉

大脑运行的高速路上
只需一点想象

就能在岔路口找到方向
境由心生
阳光像花朵开在心上
不用把窝头想象成面包
也不忧伤
其实
窝头很香

不用说

面朝大海
突然感觉语塞
生活把该说的说了
怎么说都是多
心有灵
感知过的温暖真切
感受过的爱情火热
感恩老天给的每一个真实的片刻
收获的鲜花繁衍快乐

不用说了
盘旋在头顶的看客
是生活

串起糖葫芦

每一次开始都得起步
每一次起步都会结束
汗水总是咸
泪水有时甜
没有什么可以凝固
沸腾的热血
不是正常温度
冷却过的心
才不糊涂

吃不饱的童年
放学路上
开始饥肠辘辘
现在的酸甜苦辣
已经丰富
咖啡就红薯

抹上辣酱
啥也不误
往事串起的
注定是糖葫芦
去掉坏了的果子
剩下不能消化的核

从阴天到晴天

遇上阴天
总有期待在窗前生长
高天的云朵
是不是绽开一线光亮
云开雾散
只能等太阳

假如心在梅雨季
等待不能疗伤
心的温度
心志主张
不管什么土壤
向日葵总是朝阳
心里宽敞
就有希望
此刻的阴雨

不会太长
从阴天到晴天
不过三里路
大步快走
迎接梦想

何必预知明天

茄子秧挂豆角
栗子树长核桃
飞机地上跑
火车天上耀
假如天倒地颠
别让思索塌陷
睁大眼睛
看尽风云变幻
一览沧海桑田
感恩与天地并肩的际遇
见过的都是风景
经过了就无怨

无法预知明天
保重慵懒的睡眠
明早要赶地铁
陷入人海
谁看见

出　院

记事本里
常青藤还在执着地疯长
心已走出白色的围墙
从今天起做一个快乐的情郎
让脚丫在林间小道奔放
松松肩膀
在茶树尖上采撷阳光
空空的行囊
九块饼干
一堆梦想
就已豪情万丈
只要皱纹不长在心上
就没有沧桑
只要鱼竿收不住飞翔
就不会忧伤
岁月雕刻远山的夕阳
已然辉煌

明早八点的太阳
还会准时点亮心房
从未这样
盼等黑夜快来
我要在柔光里
写篇文章
用秋色的深沉打底
绘出河畔那一抹幽兰
淡淡清香

古树苍天

一别三十年
相见不再是从前
原来我一路的奔波
始终没有走出你的视线
不要笑我执着
不要看我疯癫
跑了那么远
再回你的身边
什么机缘

你没变
身正叶绿神静心闲
曲中有直的自在
成为无法复制的经典
不语不言
年轮刻下每一个昨天

风起
叶如经幡
告诉我
直不到头
曲不胜远
古树下
看苍天
回到心路的起点

（注：热恋时，曾在北京中山公园古树下留影，三十年后再来，百感万千。）

哈哈眼镜

发明一副哈哈眼镜
看到什么风景
三扁四圆
七长八短
扭曲也成形
原来喜剧已杀青
百态人生戏
天蓝
地绿
水轻盈
心性拨云雾
一笑掠风情

垂　钓

静享鱼塘
冥想会意收放
也许空忙
不必思量
深沉下去
会有幻想浮起奢望
放下长长的等待
邂逅始料不及的疯狂
轻松总在沉重后
惊喜何必夸张
莫名的体味
问问斜阳

天 平

一定分量等同
才不左摇右晃
往事左置
不知什么能够在右边相当
快乐与忧伤
逃避和迷茫
无以自量
过去的痕迹
岁月里遗忘
了无声响
一片秋叶右置
了断称量

好友记

好友是平行线
就在身边
不近不远
困顿时
手里触得到温暖
开心时
杯中映得见欢颜
相视一笑
抵过絮叨复制好几遍
无须解读的心田
映着蓝天

即便哪一天
比拼悬崖边
依然从容
坦荡无间

推下山
一点卑鄙就够
拉一把
绝不放手
才是箴言

寒冷的语言

北风凛冽
双手冰凉
三处冻疮
四道裂口
开始抱怨冷酷的冰坨
无情的严寒
火炉旁
亮堂一片
妈妈说
会好的
没有雪花
寒冷在告诉春天

心不打结

知道
为什么天未寒
树已心宽
卸下浓荫的分量
不再负担
规则面前
认了反而简单

日月如梭
再多的头绪也不烦
天作底布
总在千针万线后
才成绣片

岁月的麻绳使劲拽
千丝万缕难何奈

从今后
开心门
留神污浊进
纵情自然行
心结一开柔顺来

意　外

爱了
恨了
对了
错了
全都存在
听了
见了
经了
认了
已经忘怀

回头看
海市蜃楼远
茅塞已经开
黑暗的双眼
看见什么都是霾

山外山
正豪迈
等着明白来
迎春花知道
美丽可以如此意外

成熟的调子

丰收季
庄稼地里有发现
西红柿锃亮
大西瓜溜圆
先熟先烂
熟过了打蔫
大个子高粱有点烦
谷穗沉甸甸
如此这般
成熟的调子归大田

不留神
高粱低头成经典
文人眼里出诗篇
低调
含蓄
收敛

稳健
堆得辞藻都冒尖

呜呼
成熟的风景别人看
瓜果无心入眼缘
自然有章法
不同形态各自天
高低调子全扯闲
庄稼不玩儿悬

我的牧场

溪水旁
播种一片看不到边的牧场
穿一件雕花的马甲
搭一个红顶的毡房
生一堆快乐的娃娃
怎样

我渴望
白天跟着太阳放羊
晚上围着月亮歌唱
我知道
风和日丽是和星星约定的晴朗
狂风暴雨是摆脱不掉的思念感伤
我愿意
笑过之后
哭上一场

怎样

心如止水吗
平静的水面浮起过往
不打仗的说战场
没有硝烟的一片山地
你长我短
你高我低
怎样

松手吧
整整衣裳
快放下你的猎枪
挖战壕不是为了和阳光抵抗
走出自己的视线
看看绿色风光
怎样

挥挥手
我去牧羊
蓝蓝的天空下
白白的羊群等我

还有孩子们踮着脚尖比着成长
这么美好
怎样

我自独舞

键盘上的舞鞋
曾经轻叩
月光下的亲昵
飘舞着的裙裾
曾经掀起
期待中的美丽

风舞年华
磨蚀了键盘
雪覆苍穹
疲惫了旋转
我自独舞
看花明柳暗

提前想到的微笑

总有那么一天
成为青云缥缈
只有逍遥
穿上旗袍
取出包裹在梦里的绣鞋
不用担心痛脚
天上的行走些许轻巧
最后的表情是微笑

说好了去看海
太多的风景没看到
还好有旅游节目
昨天去加勒比海滩走过一遭
真实点吧
曾经坐过的小板凳
只记得离谱的笑话不着调

最后的表情是微笑
请求所有的亲人环绕
相视的瞬间
组合记忆的碎片
从头再来一遍
记忆的快门恰似闪电

这一天总要来到
提前攒下微笑
心宽有大道
放过自己
撂下重重的背包
向门前的小路问个早
黄昏来时
开始健跑

执意要穿白色的衬衫
一路炫耀
反射路旁的色彩
丰富到美好

摇滚情绪

——看“好声音”有感

七彩霓虹灯此刻太炫
金属的碰撞
震开了鼓面
萨克斯横扫一片
黑啤的泡沫
感染了激情
快乐飞溅
六律相合的夜色
属于青年
浸泡在摇滚中的情绪
只在今晚迷恋
生活的舞台
没那么耀眼
跌宕起伏的旋律
落在平淡

五线谱
是家门口的斑马线
美妙的音符
嘈杂中无法分辨
除非你在闹市
苏醒耳朵
不迷眼

江河湖海都是水

——关于环保的思考

难拒肆虐的狂风
扭曲颜面
轻松的顺流
根本是蓄意的欺骗
给你风光无限
卷走所有的眷恋
带不走那些风花雪月的惦念
深情的注视
总在天边
冰山传奇
落在珠穆朗玛般巍峨的山巅
清澈的往昔不再
兑进的泥沙
浑浊了视线
黑黄的泥泞盘旋
江河湖海一片水
难逃梦魇

明天就在眼前

拉上窗帘
被角掖不住
整日匆忙的鼓点
停不下的鼓槌
键盘上的梦魇
十指奔跑
属于这个时代的发现
裹挟机械了的疯癫
扩了空间
少了沉淀
发烫的主机
忘了理会沏好的咖啡
热昏的头
享受只在断电的瞬间

水泥森林里
绿色稀罕到可怜

视线没有边
真的像速溶咖啡的每一天
来不及品味
穿肠过了一遍
挥洒的汗水剩下盐
掉进泥土的滋味
苦尽不是甜

明天就在眼前
永远赶路
不是美丽经典
咖啡的魅惑
全在舌尖
五味相调的日子
竹林伴溪水
流淌心间
需要回眸
整理出发的誓言

渴望冬眠

被窝里冒出个想法
渴望冬眠
彻底让
红色的苹果
金黄的柿子
鹅黄的鸭梨
绿色的橄榄
在今夜的码头保鲜
凝固所有的烛光
照亮靠岸的小船
不起风浪
没有波澜
星星眨眼的声音
给童话开篇
放下担子的双肩
没有负担

这个冬天好遥远
醒来是明天
拒绝理由
挑起的分量
好像没减
闹钟的发条
等在早晨六点

烛　火

点燃生日的烛火
心在天河
闭目祈祷的那一刻
涌上来的思绪拥挤
一起堵塞

明知道
尽遂心意是传说
难把握
七上八下舍不得

假如注定要卸载
三下五除二
让名利下车
健康添力
欢乐归心
烛火旺很多

秋 思

秋风随尘而至
思虑染风寒
如期独白
真的疲惫
需要一杯姜糖水
舒展心霾
走过郁郁葱葱的绿
这一刻
渴望停下来

无奈
枫叶不解情怀
依然红
和着金黄的油彩
谢了幕还留在舞台
临近的冬眠
藏不住

等待

等到
秋意浓得可以发酵凉白开
秋风告诉我
不用等来年
白雪皑皑
寒到深处梅花开
地老天荒还有海
生活不停摆
滚滚的明天
涉水而来
血总是热的
无关四季
何必
在秋天
徘徊

自己编的童话

信签铺满情怀
窗外的银杏陪我等待
爱让钟摆细细编排
邮戳不到
相思已来
门前的脚印从不徘徊

直到
停在疲惫的港口听海
彩铃欢快
帆已不再
手机按键的威力
近了天涯的距离
淡了相恋的美丽
甜过头了不是蜜

眷恋那曾经相思的苦

等不来熟悉的信差邮来递去
遥远处桅杆挺立
代我表达最后的诗意
远山
秋天的叶子
洒落一地

赶在暴风雨之前

赶在暴风雨之前
在山的脊梁上
拉满弓
准备放箭
不为刺破云天
只为一道美丽的弧线
纵然
无法变成闪电
也要
像流星璀璨蓝天

面向夕阳

早上八九点钟的太阳
翻越了自己
下午四点
还有一腔挚情
要去打谷场

夕阳无限好
远山在西边等待
永远的新娘
喜欢阳光给你上的底妆
爱上你洁白的牙齿
神采奕奕地发光
一粒谷穗落在草帽上
无法掩饰的饱满
挣开金色的衣裳
丰收的感觉

就是这样

知道
从播种时节
到此刻夕阳
你用年轻穿越沧桑
依然渴望
痛过之后
握着手中的庄稼
不再忧伤

太阳落山
只是积蓄喷薄的力量
新的播种季
要种上豆子
犁地成行
排列好的希望
会重新生长

只要有阳光
皱纹也会歌唱
像水波荡漾

夕阳下
路还长
身后
纷扰开始枯黄
大概因为缺氧

不要惧怕改变

笔直的高速不安全
成为曲折
不必冒险
就有发现

不要惧怕改变
迟到了可以加速
错过了这个行程
可以再改下一趟
只要
终点有边
改变可见
清晰的自己
惊喜重现
心境渐宽
风景变幻

身后
干燥的尘土冒烟
已经凉透的茶还很惦念
突然不在意是否遂愿
期待在生动的改变中
破茧蜕变

路 灯

晚自习回来
爸爸像路灯站在前面
加班回来
爱人像路灯等在眼前
路很平坦
安全简单

今夜
没有路灯
前方的路有些塌陷
猝然开裂的路面
不到岔口就切断

何须陌生黑暗
走路已经熟练
路灯的注视
早已成为路线

裁剪体会

不管怎样
敢于自由裁量
先知后行
才有伎俩
行走的剪刀
谱在心上

雕　塑

当微笑转身成为背影
该是时候
了断心性
不看过去

为了难却的情义
把陶土雕成记忆
无声的表达
算是心计
即使站成风景
也不愿和美丽隔着天际
雨后的晚霞
照亮真谛

和皱纹一起成长

皱纹是年轮
该长就长
你若安静
它不疯狂
不必紧张
怕只怕
陷在皱纹里划桨
还是感谢过往
流汗排毒
忙碌供氧
加班锻炼心脏
闯关
就是在皱纹里越障
没有什么不能放
不必事事用秤掂量
知道了世事无常
别再去岸边数风浪

最好学会
和镜子里的皱纹相互对望
一起成长
竖起耳朵
听岁月的风琴
伴奏皱纹小合唱

情　商

桃花红
梨花白
一曲前奏
等待甜蜜的疯狂
收获的时节
每一个果子都会歌唱
激情奔放
丰收的喜悦只上演在剧场

生活不是舞台
还是别在乐谱里晃荡
江湖不要声响
纵马扬鞭
小心夜盲
情与理的博弈
考验情商

韧

天上掉下石头
还好没把心砸碎
寒风打疼脸
还好没让鼻梁错位
幸福的底线稍向后退
会有坚定遇见无畏

别说放下

排了半天队买到的白菜
别说放下
拿将起来
发扬下去
才有一点点伟大
烹饪的过程
本是升华
只要用心
白菜也是奇葩

不必动不动就说放下
好像潇洒
学习好好提炼
享受慢慢消化
并不可怕

哪里逍遥

星星的睫毛
抚摸我梦中的舞蹈
放在床头的发带
轻轻高飘
想在这里索要
一份逍遥
被清晨惊扰
天明的冲锋号
催着一路快跑
无法驻足
有些浮躁
一直想停下来才好
跑开了才知道
真正的逍遥
融在汗珠里
早被蒸发掉

忘记是一种毒药

别忘了
一切美好
可能从泥泞出发
挣扎的苦痛
伴着苦恼

不是所有的励志都有回报
你先到达
不必骄傲
把爬山的身形
看做蚂蚁搬家的热闹

忘记是一种毒药
从你的眼神里向外冒
挥发的毒素
对谁都不好
不用低调

记得就好
放下绳索
山下有太多需要

什么时候
一起好

较劲是一种力量

圆周率后面
小数点还长
目标远方
较劲
是一种力量
不为
在翻来覆去中
找补怎么适当
只为
发现一个好地方
把写好的剧本雪藏
宁愿让缺憾留着伤
不会苟且一隅
慵懒无章

最高的轻蔑是冷淡

——写给小K

远望山清
近看水澹
东西南北咸淡事
抛进河里是了断
伤疤结痂慢
心生老茧难
最高的轻蔑是冷淡
省下火苗去发电
但等一天电机响
自在风轮悠悠转

壶 话

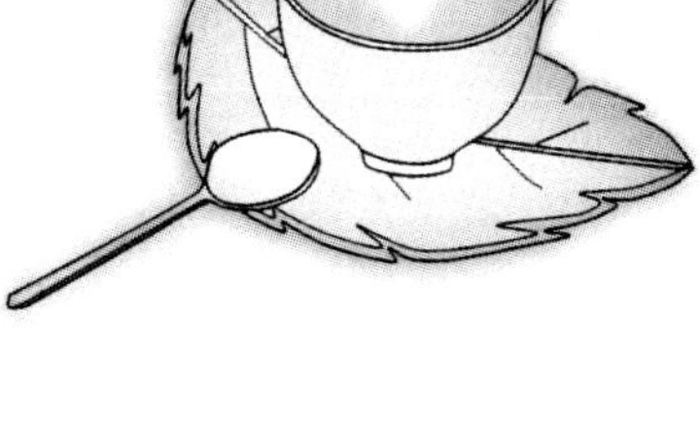

下午茶

没有泉水微澜
午后的柔光里
来到桃花源的茶台
雕花凝固盛开的姿态
茶香荡轻风缭绕心海
沸腾的开水
把红茶的气道打开
释放透明的苦涩
吞噬淤积的徘徊
多想
在午后的茶品中
停下来

别忘了
书架的第一排
第一次去香山采来的红叶
标记好了出发的页码

还有拴在树枝上的发带
情牵少女青春的等待
不在意
什么时候
好梦越过大海
只要有梦
茶里就有别样的真爱
沏上下午茶
给疲惫一点关怀

书 架

岁月森林
悲欢离合都已沉浸
风尘慧心
参悟万物风情
灵光通透
点石成金
孤独的旅人
渴望聆听

入了茉莉的茶

以茶的方式
留下爱
馨香伴清苦
品出独有的存在
最是婉约派
投入地爱一次
让静静的温柔
化开甜在苦里的情怀

只要
湖边有一朵茉莉回眸
一道茶
足够香出墙外

八月的福州
弥漫茉莉的独白

从不奢望花季永恒
只要当下
芳香盛开

壶　话

古铜色
金属样
泥土的质地
脆弱的坚强
固守清逸的释放
情怀淡淡的忧伤
与苦相伴
补益茶香
与生俱来的创意
贮存一腔感恩的回想
馥郁书卷的芬芳
无言的矜持
沸腾过荣光
此刻的静默
交汇停驻的空茫

外行的门道

麻将　扑克
翻天覆地的爆笑
外行在一旁
烦恼单调
茶桌上灌满
重重复复碰撞的嬉闹
忍着吧
各有各的爱好

无法屏蔽纷扰
突然在别人的成就中
明白了游戏的门道
人生是赌
每一次选择都重要
一着不慎
底牌输掉
没有回路的遗憾

下一局找到
再来一局
可能会好
不断有希望
随时可创造
逆境中不能呐喊
顺境来憋着骄傲
最后的乾坤
手心里攥着奥妙
让人着迷的
莫非浓缩的人生写照

好一个世事难料
牌局里过过招也好
假如重新出发
怎样渡过原来过不去的桥

水做边旁

假如孤单
请来水做边旁
混沌时明目
喧嚣处清凉
专注没有虚张
韧可穿石
真正的坚刚不去冲浪
世事总在婉转中涤荡
淘尽沙尘
见到不发光的亮

涂　鸦

无师自画
乐在涂鸦
世事洞穿深邃
简单最魅
写意隽秀如慧
勾描无法释怀的迷醉
马良走来
不懂滋味
情斟浓墨
泼洒中回味

相聚一杯茶

昨日梦里
听见出操的号
今日要见你
心里抓挠
蹦蹦跳跳的青春
真的没想到
车站一别
要三十年才能拥抱
岁月不觉老
头发已见少
渴望的欢聚不需热闹
安静最美好
细雨无声
往日没有尘嚣
长长的停顿后
滔滔的江水
冲刷有过的烦恼

谁也不必表达骄傲
看到的什么风景
其实不重要
经过了太多的暗礁
什么都知道

简单才好
相聚一杯茶
茶中有道
越过自己的大山
看到逍遥
开拔要发奋
奔波少不了
松开手反而得到
状态这个词
颇有味道

红茶色的书房

风乍起
天渐凉
红茶书房
色彩的暖意
难抵开卷而至的风云
交汇水火冰天的战场
真实的结局
不由分说的苍凉
寒冷自知
书里的过往
品茶人
看红茶浓了又淡
演绎字里行间醒着的梦想
红茶色
相宜沉甸甸的回望

羡慕嫉妒巧克力

脱去浮华的糖衣
保持挺立的质地
等待所有生日的烛光
点亮燃烧的记忆
温润的双唇
裹着浓情蜜意
思念伴我走过四季
春桃馥郁
夏荷清丽
秋菊含蓄
冬梅传递浓浓的春意
甘甜还在心里
柔情已漫过绿地
就这样在蓝色的港湾睡去
明天蝴蝶飞舞
蜜蜂要来
分享亲昵

苦 茶

忘了苦
恋苦茶
逃离酸坏的逸致雅趣
丢却吟风弄月的做作矫情
或豪饮
或轻抿
凡苦都入境
心在云中行
风云热
寒冷凝
苦去水清
一声长叹无鱼听

蓝色孤独

总能在杯觥交错的炫色里
找到孤独
爱上蓝色的清醒
迷恋睡莲
每一片花瓣都无言
风情万千
不再假装会喝红酒
山里来的果子
馨香婉转
弥留的回味
停在唇边

窗外有晃动
占领视线
什么风光也没有
虚幻一片
缓慢的沙丘

开始挪移
孤独屏蔽嘈杂
蓝色重现
所有的日子都来吧
陪我坚守思念
触摸不到的轻柔
弥漫心田

驿站黑茶

那一路策马扬鞭
踏着奔腾的鼓点
望山跑马
几近疯癫
风沙迷不住视线
我自勇往直前

注定有
驿站的黑茶
等我品鉴
舌尖上的昨天
多少画面
曾经错过的绿地
曾经忘却的蓝天
融在茶里
释放积淀

原来往日的疲惫
是上天安排的体验
不必让奔跑
错过画面

采蜜哲学

采蜜
不光是忙
发现美好
才能采集风光

然后全副武装
成为海量
幸福可以这样贮藏
结晶的蜜糖
裹着思想

水滋味

丢失了咸涩的汗水
找不回扛着的疲惫
时光如水
原本无味
就这样
一去不回
守望打磨过的月亮
享受宁静的深邃
难忘莲心里的清苦
抛却了是非错对
竟可迷醉

生活水滋味
真的不必
拿什么提纯
用什么勾兑

来点芥末

忘了哭泣的滋味
一点芥末
泪已成醉
真的假的都是体会
来点刺激
想要好好流泪
哭吧
别撑着掩饰崩溃
苦痛先来
明白跟着到位
倾盆大雨后
一定天气明媚

于是
还想再找个机会
用芥末换眼泪

天 铭

不要在月光下看我

不要在月光下看我
你深情的目光
已经诉说

不要在月光下看我
我轻轻地颤抖
随风婆娑

不要在月光下看我
出征的号角
刚刚吹过
说什么风花雪月
听什么笙鼓琴瑟
我要去渡河
踏平沙场的沟壑
今天你月光下的轮廓
明天我思念的画册
月光如你
什么也不说

与梦相连

请封存好梦中的鸟语花园
往前走是沦陷的草甸
绿草掩住了坑凹
无法填平塌陷
擦亮眼
小心被污泥牵绊
蝴蝶的召唤没有方向
不能在行军路上迷眼
手里攥着指南针
笃定要登高望远
苦尽不必甘来应验
会有花期
与梦相连

伤痛的兄弟　我在河对过

远远看见
你的伤口被骄阳爆开了豁
鲜血淌过门前的河
一竿子的距离
两个世界的相隔
我无法渡过
遮住太阳
替你缝合
只看你伪装的快乐
挣不脱的苦涩

伤痛的兄弟
我在河对过
每一个关节都在使劲儿
你不寂寞
高举火把
守望你心里的沟壑

分担夜夜不眠的痛彻

伤痛的兄弟
我会一直在河对过
握不住你的手
抛过歌声给你辽阔
绿绿的牧场鲜血浸过
生机勃勃
你从鲜花满坡的对岸跑来
诉说亲热

天　铭

再回母校

迎着朝阳
穿上新鞋
轻轻踏上校园的老路
一碧青草中
往日吉他的旋律
在叶面漂浮
太阳一出
消失得没有归途
刹那间泪眼模糊
清晰我青春的记录

万幸
在那个年代
没有添加剂催熟
成长的青涩纠结成团
来不及约束

勇敢的心
向往去陡峭的山岩提速
每天的涂鸦
保持想要飞翔的高度
云层里穿越梦想
心才舒服
青春无悔的牛犊
从来奔跑不走步
年轻总要摔打
白杨长成大树

能够从这里出发
心里有数
准备好了
三分汗水
五分勇气
七分毅力
九分时间
十二分的刻苦
给远方打个招呼
曾经许下的诺言
响彻山谷

风打雨抽太阳晒皮肉
血流汗流眼泪不能流
坚定无痕
铭刻在筋骨
山那边
不迷路

疲惫的时候
幡然悔悟
其实从未走远
血脉连着这片热土
母校
有我深深的情愫
埋在心里的爱
需要倾诉
翻遍行囊
找不到恰当的礼物
走向校门的脚步并不仓促
越过千山万水的报告
只有一句
不管怎样没有停步
勇敢的心在磨砺中开悟

脚和地的摩擦
会有火花
璀璨执着的年华
敬礼
最好的表达
亲爱的母校
请您收下

天　铭

期待一场大雪

期待一场大雪
覆盖所有的霾
大地白纸上
画不会冬眠的鸟
还有远山温柔的波涛
深呼吸
让往昔的积淀
把脚下的土地垫高
顶着凛冽的山风
望北国的雪飘
千里纵横都要化掉
飞翔搏的是心跳
一场大雪
洁白思考
开春时节
依然要出发

飞翔的惯性
保持骄傲
五色的羽毛扶风
向风雨雷电问好

梦飞翔

追求领航
梦的飞翔有方向
穿越云海不是徜徉

假使霹雳给我痛
豁达足够疗我伤
没有什么可以阻挡
就想在飞越之后
满载经历返航
注定要降落在起飞的机场
无悔起步遇上阳光
与梦相随的日子
用舍得平衡包里的行囊
留下真实的过往
轻重由天掂量

江湖琴剑

不要把铁钉上的锈
曲解成老练
伪装的智慧
只能包在纸里面
水里的污垢
不是真正的沉淀

峰从磨砺出
山水熔铸不会生锈的剑
剑意风发
舞动世事洞明的弦
收放人情练达的炫
最后留下的故事
总有发现
琴剑组合的江湖
一道风景线

老练于娴熟中张狂
幼稚在风雨里收敛
心涵章法
气定神闲
好剑无茧
良琴舍怨
一俟需要
堂堂亮剑

痴情守望

这里的烽火台没有硝烟
嘈杂喧嚣就是战场
夜色消失在人海车流
闪亮的目光
为平安守望
万家灯火通明时
我的肩上还担着分量
心的舒张
只在安宁的梦乡

不是
为当年情窦初开的豪情万丈
我才这样
宣誓过的拳头
连着心脏
累过哭过不会彷徨

已经习惯这样
虽不能负重所有的梦想
执着已经成梁
握紧方向
才能靠近希望
金色盾牌
永远荣光

誓言的力量

上天听过我发誓
告别迷茫
我要扛起钢枪
用心底升腾的英雄情结
刺破黑暗的皮囊
从此后背向细雨蒙蒙的感伤
选择坚强

这样的誓言
在岁月中酝酿
成为前行的烛光
面对泥泞的河面
再不发慌
假如没有渡河的桨
筋骨作舟
意志能够导航
跨越波涛的力量
来自青春不老的昂扬

雨与旱

等不来
一场轰轰烈烈的雨
不必神伤
湿润可以焕发
干旱也能生长
戈壁的红柳
沙漠的胡杨
苦难里跃出希望

哪里都得呼吸
怎样都能过去
看淡细雨冲刷的舒畅
看重风沙沐浴的铿锵
开裂的泥土
迸发力量

怀　念

面向远山
喊你的名字
颤抖地捧着你丢了的心愿
把你的名字留给妈妈吧
英雄
请允许我
从此喊你不曾熟悉的头衔
英雄
你可听见
此刻凝重
精彩无限
你殷红的瞬间
已经成为红色的闪电
照映你的微笑
留给我无尽的依恋
失去才知宝贵的往昔
哪里再现

喊你
明知道你听不见
还要呼唤
释放我无法消解的埋怨
告诉我
为什么
你年轻的面孔
从此不再与我们谋面

一年一次
清明那一天
真的相信
你会听见
这片绿
盛开着怀念
群山都是你的好梦绵延
在心里喊你
英雄
山会听见

目　光

影子背面
是你的目光
忧郁中有点凉
透着温暖的模样
远远地看我
不能如期而至的飞扬
受伤的膝盖
骨头缝里低吟着悠长的老腔
明知无法在手里端着梦想
该知道怎样收藏
百转千回我的内脏
热情如火血还流淌
放在哪里才会稳当
山谷里
传来没有回答的声响
慢慢地
落下夕阳

余温也烫

有时候
烫人的不是可以燎原的注视
而是一起瞭望的远方
那一头的影子
是你吗
可否邀约重回时间的长廊
分赃忘了疼的痛
给不想辽阔的创面敷上焚香

后　记

离开始有多远

鱼儿翩跹
海就是天
一猛子扎下去
混淆了飞翔的概念
不知道
离开始有多远

直到
循入深海的瞬间
突然发现
好多思念
都在起点
开始好远
怎样的回归

才能让纵横靠岸
真切的到达可有期限
痴情如我的
可是你张开的双臂
等着的眼

2013 年 12 月 6 日